AF473496

L'AMATEUR DE MUSIQUE,

COMÉDIE

EN PROSE ET EN UN ACTE;

MÊLÉE D'ARIETTES.

Paroles & Musique de M. B. L. RAYMOND.

Représentée pour la première fois sur le Théâtre des petits Comédiens de Monseigneur le Comte de Beaujolois, au Palais-Royal, le 3 Juillet 1785.

PRIX, 1 liv. 4 sols.

A PARIS,
Chez CAILLEAU, Imprimeur-Libraire, rue Gallande, N°. 64.

M. DCC. LXXXV.

A MONSIEUR

DE LOMEL,

L'un des Entrepreneurs du Spectacle de Monseigneur le Comte DE BEAUJOLOIS.

De mes premiers ſuccès, en vous offrant l'hommage,
Je n'éprouve qu'un ſeul deſir :
Puiſſe de l'amitié ce vif & tendre gage,
A votre cœur faire autant de plaiſir
Que j'en reſſens moi-même à vous l'offrir.
Le génie & l'eſprit ne ſont point mon partage.
En vain je voudrais en grands mots,
Rendre ce que je veux vous dire :...
Je n'ai point l'Art propre aux brillants propos;
Quelquefois vrais, plus ſouvent faux,
Qu'étalerait une ſublime Lyre.
Je dis naïvement, ſans fard, avec candeur,
Ce qu'un doux ſentiment m'inſpire:
Ce ſentiment part de mon cœur :
Vous le perſuader eſt ce que je deſire.

B. LOUIS RAYMOND.

PRÉFACE.

CETTE petite Pièce fut primitivement faite pour être jouée par les *Bamboches*. Le caractère de Monsieur Piano était beaucoup plus développé. Certaines scènes plus filées. J'y avais placé des Vaudevilles, ou plutôt des *Ponts-Neufs*, comme je l'avais vu pratiquer par les autres Auteurs. MM. les Entrepreneurs de ce Spectacle, ayant substitué des petits enfans pleins d'intelligence à des figures de bois inanimées, j'élaguai le Dialogue autant qu'il me fut possible, parce qu'en Prose surtout, il est très-difficile à rendre par le *Pantomime* (*). J'ôtai tous mes Vaudevilles, à l'exception d'un seul, qui finit en Trio & qui a produit de l'effet. Je regrette de ce que j'ai *coupé*, les phrases qui caractérisaient mes premiers personnages ; & motivaient leur conduite.

Il a dû paraître surprenant en effet, que Monsieur Piano donnât sa fille à un inconnu sur ce qu'il a entendu de lui une *Ariette* qui l'a enthousiasmé. Si le monologue par où je faisais commencer ma Pièce avait subsisté, cette conduite de Piano n'aurait eu rien que de très-naturel. Voici ce qu'il disait :

J'espère que cette fois-ci je n'aurai pas travaillé en vain. Cependant, quand j'y pense, quelle rage m'a pris de vouloir être Compositeur de Musique, moi, bon Bourgeois de Paris, possesseur de dix mille

(*) C'est un avis que je donne aux Auteurs qui voudront travailler pour ce petit Spectacle.

livres de rente ! Je pourrais vivre heureux & tranquile avec ma femme & ma fille : point du tout. La fureur de faire des Ouvrages me possède : & quand ils sont finis, je n'ai pas la hardiesse de les mettre au jour. Ils sont tous dans mon cabinet, hélas ! la plupart même déjà usés de vétusté. Pauvres avortons ! A peine nés, ils sont rentrés dans le néant. — Eh bien ! voila au moins la centième fois que je fais la même réflexion : cent fois aussi j'ai pris la ferme résolution d'abandonner un métier où de plus savans que moi ont échoué. Bah ! à la premiere petite idée scintillante qui se présente, le demon de l'harmonie me prend aux cheveux & fait évaporer en fumée & mes réflexions & mes résolutions. Le diable puisse-t-il emporter ma maudite Mélomanie.

AIR.

TOUJOURS j'arrange & dérange
Des accords dans mon cerveau ;
Et ma folie est étrange
Pour créer quelqu'air nouveau :
Hélas ! de cette manie
Je ne saurais me guérir ;
Et ce tourment de ma vie,
Fait pourtant tout mon plaisir.

Allons, allons, mon ami Piano, du courage ; j'espere que le petit opéra que je travaille pourra être entendu des gens de goût avec plaisir .... Eh ! Madame Piano, &c.

Ce langage que je lui faisais tenir, n'était pas celui d'un fou ; on voit par ce que j'ai soustrait, les inquiétudes, les peines que l'amour de la Musique donne à ce personnage & combien il est maîtrisé *par ce goût qu'il ne sauroit vaincre.* Il n'est plus si étonnant qu'avec ce vif désir de se produire, il donne sa fille à un homme dont les talens lui paroissent propres à le faire parvenir à son but, l'unique objet de ses désirs. Aussi met-il pour condition dans son consentement au mariage de du Crescendo avec sa fille, que celui-ci (Scene IX) *aura la complaisance d'entendre sa Musique ; de lui donner ses conseils, & qu'il mettra au jour, sous son nom, certain ouvrage qu'il vient de faire.* Voilà, je pense, un Auteur *honteux* assez bien caractérisé. Cette honte lui vient d'un excès de modestie, d'une crainte d'échouer. Je ne serais point étonné que dans ce siecle-ci ce personnage parût peu naturel.

Je développais ensuite le plus ou moins d'amour qu'il a pour sa femme & sa fille en raison du plus ou moins de complaisance qu'elles ont pour lui : c'est ce qu'on éprouve tous les jours dans la société. Comme la fille en a plus que la femme, je lui faisais dire d'elle :

AIR : *Sans cesse il faut que l'on guette.*

ELLE est douce, elle est gentille,
Ça ne prend jamais d'humeur :
Oh ! c'est une aimable fille,
Je l'aime de tout mon cœur.
De son joli caractère
Je suis tout extasié :
Ce n'est point comme sa mère ;
Il s'en faut plus de moitié.

On est plus volontiers porté à aimer ceux qui flattent nos penchans, que ceux qui les contrarient.

Madame Piano ne donnait pas non plus si vite son approbation à l'amour de sa fille pour un inconnu : en mere tendre, sans s'opposer à l'inclination que la vertu de sa fille ne lui permettait pas de croire dangereuse, elle lui disoit pour la garantir des piéges de la séduction :

AIR : *Du Confiteor.*

MA chère enfant, écoute-moi,
Ecoute une mère qui t'aime ;
En Amour trop de bonne foi,
Est souvent un malheur extrême : *Bis.*
Tout doucement,
Un tendre Amant,
Peint son tourment ;
Le cœur soupire, & puis voilà,
Qu'il faut dire *mea culpa.*

Je caractérisais mon Gascon presqu'en arrivant sur la scène par ces paroles :

AIR : *Guillot, Guillot,* &c.

PAR mes accords, de la mélancolie,
Je sais bannir les effets déplaisans ;
Par mille traits, de mon savant génie,
J'enchante l'ame & ravis tous les sens;
Ai-je d'amour à peindre tous les charmes?
Je fais un choix de sons mélodieux :
Dois-je remplir de craintes & d'allarmes,
Mes Auditeurs deviennent furieux.

Que l'on n'aille point se casser la tête à chercher à qui mes personnages ressemblent ; c'est moi qui me suis peint dans Monsieur Piano & Monſieur Creſcendo. C'eſt moi qui brulais du deſir de me produire au grand jour dans la Capitale. C'eſt moi qui *arrange & dérange*, &c. C'eſt moi qui, *affamé de gloire, ſuis arrivé depuis peu dans Paris pour y moiſſonner des lauriers.* Tel était mon but en arrivant, encouragé par des ſuccès dans différentes villes de province. Mais ſans un ami (*), à qui j'ai les plus grandes obligations, ce déſir immodéré de gloire n'auroit peut-être jamais été ſatisfait. Il eſt ſi difficile à un Artiſte, à Paris, de ſe produire! auſſi ma reconnaiſſance n'aura jamais de bornes.

De quelque maniere qu'on juge mon ouvrage, auquel je n'ajoute pas beaucoup de prétention, ſenſible à l'accueil dont le Public a daigné l'honnorer, je redoublerai d'efforts pour lui plaire & mériter de plus en plus de nouveaux ſuffrages, l'unique objet de mon ambition.

J'eſpère qu'on ne m'adaptera pas la vanité de du Creſcendo en certaines circonſtances; par exemple, dans celle où il dit qu'il eſt *Compoſiteur d'un fier genre.* Il m'a fallu tracer un caractère & le rendre plaiſant. Quoique je diſe que les perſonnages de Piano & de Creſcendo, confondus, ſont moi-même, j'en excepte tout ce qui tient à la vanité, & cela d'autant plus volontiers, que je la regarde comme un ridicule, lorſqu'elle eſt déplacée. On doit être modeſte même après des ſuccès. La modeſtie eſt une vertu délicate, que l'amour-propre exceſſif flétrit. Un Auteur bouffi d'orgueil eſt ſelon moi, un être inſuportable. Je ſuis étonné qu'on n'ait pas encore mis ſur la ſcène un pareil perſonnage, je crois qu'il y jouerait un plaiſant rôle.

(*) M. Dorceval, Régiſſeur du Spectacle des Comédiens de Monſeigneur le Comte de Beaujolois.

PERSONNAGES.	ACTEURS PARLANTS.	ACTEURS PANTOMIMES
Monſieur PIANO, riche Bourgeois, Amateur de Muſique.	*Mr Vernier, Baſſe-Taille.*	*Mr Moreau.*
Madame PIANO, ſa femme.	*Mme Vincent, Duegne.*	*Mlle Chaumont.*
ANGÉLIQUE, leur fille.	*Mlle Carpentier, Amoureuſe.*	*Mlle Trial.*
DU CRESCENDO, Muſicien & Compoſiteur.	*Mr Delboy, Haute-Contre.*	*Mr Lefort.*
Monſieur DE LA CADENCE, } *Amis de Monſieur PIANO*	*Mr Tourvel,*	*Mlle Trial, cadette.*
Mademoiſelle BRISÉ, } *Amis de Monſieur PIANO*	*Mlle Ducaſtel, Acceſſoires.*	*Mlle Nébel.*
CHANTEURS ET DANSEURS.		
CRIQUET, Valet-de-Chambre de Du Creſcendo.	*Perſonnage muet.*	*Mr Talon.*

La Scène ſe paſſe à Paris, dans la maiſon de Monſieur Piano.

L'AMATEUR DE MUSIQUE.

Le Théâtre repréſente un Sallon. Il y a pluſieurs chaiſes çà-&-là, ſur leſquelles il y a de la muſique & différents inſtruments.

SCENE PREMIERE.

Monſieur PIANO. (*Il eſt aſſis devant ſon clavecin. Lorſque la toile eſt levée, il fait un point d'orgue à l'Italienne, qu'il finit par une longue cadence. Il écrit ce point d'orgue, & dit en ſe levant & frappant gaiement ſur la table.*)

FORT bien. Fort bien. Je crois que cela fera de l'effet : oh ! parbleu, j'eſpère que cette fois-ci je n'aurai pas travaillé en vain. (*Il appelle.*) Madame Piano ? — Je veux voir ſi elle ſait ce petit morceau d'enſemble que je lui donnai hier à repaſſer. — Mais, elle ne répond pas! Que Diable! Eſt-ce qu'elle eſt ſourde donc? (*Il appelle plus haut.*) Madame Piano.

SCENE II.

Monſieur & Madame PIANO.

Madame PIANO, *avec humeur.*

EH bien, eh bien? Qu'y a-t-il? Aurez-vous bientôt aſſez crié?

Monſieur PIANO, *toujours gaiement, c'eſt ſon caractère.*

Oui, quand vous m'aurez répondu.

Madame PIANO.

Pour vous répondre il aurait fallu vous entendre. De quoi s'agit-il?

Monſieur PIANO.

Mon morceau d'enſemble, hem? Y avez-vous jettez les yeux?

Madame PIANO.

Il l'a bien fallu, vraiment, ſans quoi vous auriez fait un beau train! Toujours chanter, toujours chanter!

Monſieur PIANO.

Toujours chanter! Eh bien?

Madame PIANO.

Toujours chanter, c'eſt un délire.

Monsieur PIANO, *riant.*

Eh! que diantre, vous répétez toujours la même chose. Si vous ne voulez pas adoucir votre dialogue, tâchez au moins de le varier. Où est ma fille?

Madame PIANO.

Dans sa chambre, sans doute, à se casser la tête après sa partie.

Monsieur PIANO. (*Il appelle.*)

Angélique? Angélique?

SCENE III.

Monsieur & Madame PIANO, ANGÉLIQUE.

ANGÉLIQUE, *faisant la révérence.*

ME voilà, mon père.

Monsieur PIANO, *gaiement.*

Eh bien, comment va le morceau?

ANGÉLIQUE.

Fort bien, mon père, je le sais.

Monsieur PIANO.

Vrai? La charmante enfant! Ah! si j'avais ici Monsieur de la Cadence & Mademoiselle Brisé.

ANGÉLIQUE.

Les voici, mon père.

SCENE IV.

LES PRÉCÉDENS, Monſieur DE LA CADENCE, Mademoiſelle BRISÉ.

Monſieur PIANO, *gaiement.*

BON. Arrivez, arrivez : vous ne pouviez venir plus à propos. Allons, mettez-vous en Scène & commençons. (*Il regarde ſes Acteurs, va prendre ſa fille, & la place entre ſa femme & lui.*) Madame Piano, ſongez que dans ma Pièce, vous n'êtes que la mère adoptive d'Angélique. Toi, ma fille, tu es une jeune orpheline qui as perdu tes parents, & dont le cœur eſt tyranniſé par une paſſion involontaire.

Madame PIANO, *avec humeur.*

Eh, vous nous avez dit cela cent fois.

Monſieur PIANO, *riant.*

Oui ? Eh bien, ſi je vous le redis, c'eſt afin que vous ne l'oubliez pas. D'ailleurs, il ſerait plaiſant que vous vouluſſiez fermer la bouche à un Auteur qui fait des obſervations ſur ſon Ouvrage. On vous prendrait pour une Comédienne en titre. Mais c'en eſt aſſez là-deſſus, commençons.

QUINTETTO.

Monsieur & Madame PIANO.

Mes chers enfans, dans cet asyle
Nous goûtons tous la paix du cœur.

Monsieur PIANO.	ANGÉLIQUE.	Mme PIANO, avec son mari.	Mlle BRISÉ, Mr DE LA CADENCE.
Mes chers enfans, dans cet asyle, Nous goûtons tous la paix du cœur; Nous jouissons d'un sort tranquille Dans la joie & dans le bonheur.	Hélas! hélas! dans cet asyle Vous goûtez tous la paix du cœur; Vous jouissez d'un sort tranquille, Dans la joie & dans le bonheur.		Ainsi que vous, dans cet asyle Nous goûtons tous la paix du cœur; Nous jouissons d'un sort tranquille, Dans la joie & dans le bonheur.

Monsieur PIANO, *seul.*

Vous naquîtes pour l'opulence,
Le Ciel voulut vous en priver :
Mais au moins il vous fit trouver
Près de nous la paix, l'innocence.

ANGÉLIQUE, *seule.* (*A part.*)

Que la paix est loin de ton cœur,
Triste & malheureuse Sophie!
Depuis qu'Amour te l'a ravie;
En peux-tu goûter la douceur.

QUINTETTO.

Mes chers enfans, &c.

Monsieur PIANO, *enchanté.*

A merveille! Comment diable! Comme des Anges! (*Il passe entre sa femme & sa fille.* Madame Piano, je vous fais mon compliment: vous avez rendu le caractère de votre personnage à ravir: ainsi que toi mon Angélique. — Quant à vous autres, quoique vos parties ne soient qu'intermédiaires, je n'ai qu'à me louer de votre intelligence. A ça, retirez vous, & que chacun donne ses soins aux morceaux suivants. (*Monsieur de la Cadence & Mademoiselle Brisé, saluent en sortant. Il les reconduit & revient avec empressement.*)

SCENE V.

Monsieur & Madame PIANO, ANGÉLIQUE.

Monsieur PIANO.

VOUS, ma femme, & toi, ma fille, répétez le Duo.

Madame PIANO.

En vérité, Monsieur mon mari, convenez qu'il faut que j'aie bien de la complaisance.

Monsieur PIANO.

Je sais, Madame Piano, que ce n'est pas la vertu favorite de votre sexe, aussi je ne vous en trouve que plus rare.

Madame PIANO.

Quand vous lasserez-vous de me faire éternellement chanter?

Monsieur PIANO.

Quand vous serez lasse vous-même de vouloir être éternellement aimée.

Madame PIANO.

Comment?

Monsieur PIANO.

Passons, passons ; je m'entends. Allons, mon Duo. (*Il s'assied à gauche.*) Mettez-vous en situation, & remplissez bien votre caractère. (*Les femmes se mettent en scène.*)

DUO. (*Supposé de la Pièce de Monsieur Piano.*)

ANGÉLIQUE, *sous le nom de Sophie.*

Oui, vous serez toujours ma mère,

Madame PIANO, *sous le nom d'Elisabeth.*

Mon cœur en a les sentimens.

ANGELIQUE.

Jamais, non jamais vos enfans
Ne pourront vous chérir comme je vous révère.

ENSEMBLE.

ANGÉLIQUE.	Monsieur PIANO.
Jamais, non, jamais vos enfans, Ne pourront vous chérir comme je vous révère.	Je t'aime autant que mes enfans, Comme eux tu m'es chère.

ANGELIQUE.

Je dois cacher dans votre sein,
Et ma douleur & ma tristesse.

Madame PIANO.

Mais d'où vient donc cette tristesse?

(*Monsieur Piano écoute, & témoigne le plaisir, la joie, l'inquiétude, en mille manières différentes.*)

ANGELIQUE.

Vous me le demandez en vain;

Madame PIANO.

Eh mais, quelle douleur vous presse!
Ne puis-je savoir quels secrets
Mon enfant cache à ma tendresse?

ENSEMBLE.

ANGÉLIQUE.	Madame PIANO.
Moi, vous le dire, non jamais.	Ne puis-je savoir quels secrets Vous cachez à ma tendresse?

Madame PIANO, *s'éloignant un peu.*

Le nom de mère, oui, je le pense,
Pour vous n'a plus de douceur.

ANGELIQUE, *s'approchant.*

Douter de ma reconnaissance,
Serait, serait mon plus grand malheur.

Madame PIANO.

Eh mais, quelle douleur vous presse?

ANGELIQUE.

Je ne puis vous ouvrir mon cœur.

ENSEMLLE.

Ah! vous aimer d'une vive tendresse, Fera sans cesse mon bonheur.	Ah! découvrez à ma vive tendresse, Des chagrins qui percent mon cœur.

Monsieur

Monsieur PIANO, *transporté.*

Bravo, bravo, bravissimo. (*Il court à sa femme.*) Madame Piano, cet acte de complaisance trouvera sa place. (*Enthousiasme.*) Quant à toi, ma fille, je.... oui.... baise-moi, mon enfant. (*En sortant.*) Charmante, charmante charmante. (*Il sort.*)

SCENE VI.

ANGELIQUE, Madame PIANO.

Madame PIANO.

IL faut convenir que votre pere est un grand fou! autrefois le chant pour lui étoit un plaisir, aujourd'hui c'est une rage. Mais qu'as-tu, ma petite Angelique? tu es triste.

ANGELIQUE.

Ah, maman!

Madame PIANO.

Tu soupires! (*souriant.*) Serais-tu amoureuse, par hazard?

ANGELIQUE.

Je crois qu'oui, maman.

Madame PIANO

Tu crois! — Et de qui?

ANGELIQUE.

D'un jeune Gascon qui est bien joli.

Madame PIANO, *vivement.*

Ah! ah! conte-moi ça, mon enfant: conte, conte.

ANGELIQUE.

Je le vis, il y a quelques jours, dans un concert. Il me fit milles politesses, & me dit qu'il m'aimait.

Madame PIANO, *souriant.*

Diantre! je reconnois bien la les Gascons, ils n'aiment point à filer un Roman. Il te dit qu'il t'aimait?

ANGELIQUE.

Oui, maman.

Madame PIANO.

Et toi?

ANGELIQUE.

Moi, je ne répondis rien, mais à ma rougeur il dut bien comprendre qu'il ne me déplaisait pas.

Madame PIANO.

La pauvre petite! & dis moi; quel est-il ce garçon la? le connois-tu? te connoît il?

ANGELIQUE.

Non, maman. Je ne l'ai vu que cette seule fois là.

Madame PIANO.

Quoi! rien que cette fois là?

ANGELIQUE.

Hélas! non. Je ne suis pas retournée au Concert.

Madame PIANO.

Il ne s'informa ni de ton nom ni de ta famille?

ANGELIQUE.

Non. Il ne me parlait que de son amour.

Madame PIANO.

En ce cas, ma chere fille, il faut prendre patience. S'il t'aime réellement, il ne manquera pas de faire toutes les démarches nécessaires pour te voir. Qu'il se présente à ton pere : s'il te convient & qu'il obtienne son consentement à votre mariage, sois sûre d'avance du mien. Ne te chagrine pas, ma petite Angelique, tu seras bientôt heureuse. (*Elle l'embrasse & sort.*)

SCENE VII.

ANGELIQUE, *seule.*

QUE je ne me chagrine pas ! c'est bien facile à dire : comme si dans ma position, à mon âge, on pouvoit être tranquile ! Ah ! si mon cœur ne m'avait point trompée, que je serois contente !

ARIETTE.

CHARMANT Amour, qui règnes sur mon ame,
C'est toi, c'est toi qui combleras mes vœux;
Je te devrai le succès de ma flamme,
Ce jour sera pour moi le plus heureux.

J'entends quelqu'un .... (*Crescendo paroît.*) Ah ! (*Cri d'émotion.*)

SCENE VIII.

ANGELIQUE, Monſieur DU CRESCENDO.
(Il parle gaſcon.)

CRESCENDO.

COMMENT dois-je interprêter ce cri, Mademoiſelle ? eſt cé la joye ou la frayeur qui lé cauſé.

ANGELIQUE, *timidement.*

Monſieur.....

CRESCENDO.

Vous vous détournez ! vous craignez dé mé régarder ! jé né ſuis pourtant pas ſi épouvantable, jé viens vous confirmer cé qué jé vous dis l'autré jour. Jé vous aime.

ANGELIQUE, *à part.*

S'il ne mentoit pas !

CRESCENDO.

Qué dites vous à part ?

ANGELIQUE.

Je dis, Monſieur, que ſi vous diſiez vrai ?...

CRESCENDO.

Jé né mens jamais, jé vous juré. Parlez-moi franchément : ai-jé l'avantage de poſſéder votre cœur ?

ANGELIQUE.

Dois-je m'expliquer ſans fard ?

CRESCENDO.

Oui, Point dé déguisement.

ANGELIQUE.

Mais la bienséance ?

CRESCENDO.

Bon ! bon ! c'est une bégueule qu'on a mis à l'écart. Eh ! sandis ! comment saurai-jé qué vous m'aimez, si vous né mé lé dites pas ?

ANGELIQUE.

Un coup d'œil, un sourire....

CRESCENDO.

Bon ! des coups d'œils ! des sourires ! Ces symptômes mé paraissent trop équivoques. Manége de coquette, un *oui* bien prononcé, bien intelligible, est beaucoup plus significatif. Allons, dites ; eh donc !

ANGELIQUE.

Mais, Monsieur, avant de m'expliquer si franchement, jé voudrois vous connoître. Qui êtes-vous ?

CRESCENDO.

Un homme affamé de gloire ; arrivé dépuis peu dans Paris pour y moissonner des lauriers.

ANGELIQUE.

Voila une ambition estimable. Votre état ?

CRESCENDO.

Chanteur, Musicien & Compositeur.

ANGELIQUE, *vivement.*

Vous êtes Musicien ?

CRESCENDO.

Jé m'en vanté, fandis !

ANGELIQUE.

Et Compofiteur ?

CRESCENDO.

Et d'un fier genre. Cé n'eft pas par vanité cé qué j'en dis. Mais revenons à mon amour. Jé mé fuis informé dé vous & dé Monfieur votre pere : on m'a dit qué c'étoit un Amateur : la deffus j'ai fondé mes efpérances ; & jé viens vous demander en mariage. Eh donc ! y a-t-il dans tout céla quelque chofe qui vous déplaife ?

ANGELIQUE.

Non, Monfieur, avec d'auffi honnêtes fentimens, on ne peut que s'attirer l'eftime d'une jeune perfonne.

CRESCENDO.

L'eftime ! . . . l'eftime, c'eft fort bon ; mais j'aimerois mieux de l'amour.

ANGELIQUE, *timidement.*

Quand je dis l'eftime....

CRESCENDO.

Ah ! j'entends, c'eft une enveloppe. Vous mé charmez.

ANGELIQUE.

J'appréhende qu'une fi grande précipitation à vous faire entrevoir mes fentimens, ne vous donne de moi une idée peu avantageufe.

CRESCENDO.

Eh donc ! pourquoi cela ?

ANGELIQUE.

Mais nos mœurs, nos usages....

CRESCENDO.

Sottise. Un feu concentré fait plus de ravage dans un jeune cœur que celui qui s'évapore. C'est une expérience physique. Demandez aux connoisseurs.

ANGELIQUE.

Un point m'inquiette. Votre fortune ?

CRESCENDO.

Oh ! quant à cet égard là, je suis de Vordeaux e c'est tout dire.

ANGELIQUE.

Je tremble....

CRESCENDO.

De quoi donc ?

ANGELIQUE.

Mon pere est riche : & peut être....

CRESCENDO.

Qu'est-ce que cela fait ? il aime la musique, sandis, il doit donc aimer les Musiciens.

ANGELIQUE, *souriant.*

Oui, sans doute ; il les aime : mais point assez, peut-être, pour leur donner sa fille en mariage.

CRESCENDO.

Bon ! ce pays-ci est celui des phénomènes ; j'en espere un heureux. J'ai meilleure opinion du succès que vous. Le plus essentiel pour moi, dans tout ceci, c'eſt d'être ſûr dé votre amour. Avec lui jé défie tous les obſtacles. Car vous m'aimez?

ANGELIQUE.

Je voudrois en vain vous cacher toute la ſenſibilité de mon cœur.

Duo.

CRESCENDO.

LIVRONS nos cœurs au tendre Amour.

ANGELIQUE.

Ah! cher Amant! Ah! que de charmes
Offre à mon cœur un ſi beau jour;
Votre amour bannit mes allarmes.

CRESCENDO.

Plus dé craintes, non, plus d'allarmes,

ENSEMBLE.

Livrons nos cœurs au tendre Amour,
Jouiſſons dé cet heureux jour.

CRESCENDO.

Ah! qu'il eſt doux pour ma tendreſſe!
En vous jé vois,
Jé vois tout-à-la-fois,
Et mon épouſe & ma maîtreſſe.

ANGÉLIQUE.

Cher Amant, comme vous,
Dans des moments ſi doux,
Ah, quelle eſt mon yvreſſe!

ENSEMBLE.

Plus de craintes, plus d'allarmes,

(*Vif & gai.*)

Je t'aimerai toujours,
Je t'aimerai ſans ceſſe;
Auprès de toi dans les amours
Je paſſerai mes jours.
Plus de ſouci, plus de triſteſſe;
Jamais l'affreuſe jalouſie,
Ne troublera mon tendre cœur.
Loin de nous cette frénéſie.

ANGÉLIQUE.

Je t'aime.

CRESCENDO.

Aveu flatteur!
Qu'il charme mon cœur.
Chère Amante répète encore.

ANGÉLIQUE.

Je t'aime; oui, je t'adore:
Mon cœur, ma main tout eſt à toi.

CRESCENDO.

Ils feront le prix de ma foi,
Ils ſont à moi.

ANGÉLIQUE.

Ils ſont à toi.

ENSEMBLE.

Et pour jamais;
Moment plein d'attraits,
Je t'aime: aveu flatteur!
Qu'il a de charmes pour mon cœur.

SCENE IX.

LES MÊMES, Monſieur PIANO.

Monſieur PIANO, *gaiement.*

EH bien, eh bien? Es-tu folle?

ANGÉLIQUE, *avec frayeur.*

C'eſt mon père.

Monſieur PIANO, *étonné en voyant Creſcendo.*

Ah! ah! quel eſt ce Monſieur?

CRESCENDO, *ſaluant leſtement.*

Cé Monſieur eſt bien votré petit ſerviteur.

PIANO, *ſéchement.*

Que demandez-vous?

CRESCENDO.

Vous même. Vous êtes Monſieur Piano?

Monſieur PIANO, *ſechement.*

Oui, Monſieur.

CRESCENDO, *ſaluant.*

Et moi, Monſieur Du Creſcendo fort à votre ſervice.

Monſieur PIANO, *tranſporté de joye.*

Du Creſcendo! vous êtes Monſieur Du Creſcendo dont mon ami de Bordeaux m'a ſi ſouvent fait l'éloge? Charmant Chanteur, & admirable Compoſiteur.

CRESCENDO, *ſurpris.*

Sandis! vous tirez la louange à brule-pourpoint. Voila des éloges qui embaraſſent furieuſement ma modeſtie.

Monſieur PIANO.

Ah! mon cher, que je vous embraſſe. (*Il tend les bras en s'avançant un peu.*)

CRESCENDO, *recule étonné.*

Cadédis ! vous me ſurprenez : jé né croyois pas qué nous duſſions ſitôt être ſi bons amis enſemble. Allons tope : jé né réfuſe pas l'embraſſade. (*Ils s'embraſſent.*)

ANGELIQUE, *à part.*

Ah ! que je ſuis contente !

Monſieur PIANO, *toujours enchanté.*

Ma fille, écoute, & ſurtout ſuis les conſeils de Monſieur Du Creſcendo, tu t'en trouveras bien.

ANGELIQUE, *ſourit malignement.*

Je n'y manquerai pas, mon pere.

CRESCENDO, *avec fatuité.*

Tout mon pétit mérité, Madémoiſelle, eſt à votre ſervice : j'en ai peu ; mais jé l'offré dé bon cœur.

Monſieur PIANO.

Vous voudrez donc bien lui donner quelques ſoins ?

CRESCENDO.

Oh, tous ceuxqu'elle voudra. Je ſuis de la meilleure volonté.

Monſieur PIANO.

Que je ſuis charmé d'avoir fait votre connoiſſance.

AIR : *Paris est au Roi.*

Je suis amateur,
Je suis connaisseur ;
Et les talens sur moi
Font toujours la loi :
Le chant me ravit,
Mon cœur le chérit :
Non, vivre sans chanter
N'est point exister. *Fin.*
La tendresse !
Sotte yvresse,
Non, je ne veux plus aimer;
La Musique,
Goût unique,
Il sait me charmer.

DUO.

PIANO.

Je suis amateur, *&c.*

CRESCENDO.

Votre goût me plaît ;
Je suis satisfait,
Car les talents sur moi
Font aussi la loi.
(*Le reste avec Piano.*)

ANGELIQUE, *à Crescendo tandis que son pere témoigne une joie extrême, à part.*

Ah ! mon cœur enchanté
Voit la félicité,
Que l'Amour
En ce jour

Lui prépare ;
Je m'égare,
Je m'égare,
Dans ce doux excès de volupté.

TRIO.

PIANO.	ANGÉLIQUE, *bas à son Amant.*	CRESCENDO, *à Piano.*
Je suis amateur, &c.	Oui, mon cher Amant, Dans ce doux moment, Je sens bien que sur moi L'amour fait la loi : Le tient me ravit, Mon cœur le chérit, Ah ! vivre sans aimer, N'est point exister.	Votre goût me plaît, J'en suis satisfait : Car les talens sur moi Font aussi la loi. (*Le reste avec Piano.*)

CRESCENDO.

Vous avez raison, sandis ! vive lé chant ! c'est lé goût du jour.

Monsieur PIANO.

Ah ! c'est bien le mien. (*D'un air joyeux, mais embarrassé.*) Mais ne pourrais-je pas....

CRESCENDO.

Quoi ?

ANGELIQUE.

Faut-il que je me retire, mon pere ?

Monſieur PIANO.

Non, non, ma fille. Monſieur Du Creſcendo, n'y auroit il point d'indiſcrétion....

CRESCENDO.

A quoi ? parlez : vous avez peur ?...

Monſieur PIANO.

Je voudrois entendre quelqu'un de ces morceaux fameux dont j'ai ouï parler, pour admirer...

CRESCENDO.

Très-volontiers. Jé né mé fais pas tirer l'oreille. D'ailleurs, j'ai mes raiſons pour juſtifier la haute opinion qué vous avez conçue dé mes talens. Sandis ! vous allez voir qué jé la mérite un peu.

Monſieur PIANO.

Oh ! je n'en doute point.

CRESCENDO.

Jé vais vous chanter certaine *Ariette Militaire* que j'ai faite depuis peu.

Monſieur PIANO.

Y a-t-il beaucoup d'inſtrumens ?

CRESCENDO.

Des inſtrumens ! ah ! ſandis ! je vous crois. Tout l'orcheſtre dé l'Opéra ſuffiroit à peine pour exécuter ce morceau : lé bruit eſt ma folie. Outre les violons, les baſſes, les altos, les contrebaſſes, il me faut deux paires de haut-bois, autant de baſſons & de flûtes ; des cors, des clarinettes, des cimbales, des tambours, des triangles, des timbales & un flageolet.

Monſieur PIANO, *tranſporté.*

Ah ! Monſieur du Creſcendo ! je brûle d'entendre votre ariette : elle doit être magnifique.

CRESCENDO.

Vous allez en juger. (*Il appelle.*) Eh, Criquet? (*Il paraît.*) Apporte ma musique. (*Il sort; revient apportant de la musique qu'il donne à son maître & se retire. Crescendo distribuant les parties aux Musiciens, dit :*) Messieurs, jé vous recommande surtout d'observer les nuances. Les nuances, sans dis! les nuances : voilà lé fin dé l'Art. Allons; partez. (*Quand il ne chante pas, il se donne beaucoup de mouvement pour faire aller l'orchestre.*)

ARIETTE MILITAIRE.

UN Français guidé par la gloire,
Sans hésiter vole aux combats.
Par-tout il cherche la victoire,
Par-tout il porte le trépas.
Les cris affreux, le sang, & le carnage,
Loin d'affaiblir son superbe courage,
Ne peuvent émouvoir son cœur.
Vainement la mort l'environne :
Conduit par les loix de l'honneur,
Son aspect n'a rien qui l'étonne,
Tout cède enfin à sa valeur.
Mais après la victoire,
A sa fureur succède un sentiment plus doux:
Il a combattu pour la gloire,
Il pardonne au vaincu tremblant à ses genoux.
Et dans l'excès de son yvresse,
Dans les airs élevant ses cris,
On l'entend répéter sans cesse,
Vive mon Roi, vive Louis.

Monsieur PIANO, *l'embrasse en s'écriant.*
Superbe, superbe, Monsieur Du Crescendo.

CRESCENDO.

Eh bien ? cela fait-il du bruit ?

Monſieur PIANO.

Admirable.

CRESCENDO.

Et vous, ma belle Demoiſelle, qu'en penſez-vous ?

ANGÉLIQUE.

Je ne ſuis pas grande connoiſſeuſe ; mais il me ſemble que cette Ariette eſt fort belle.

Monſieur PIANO.

Et il te ſemble bien ma fille. Ah ! que n'ai-je fait ce morceau !

CRESCENDO.

A propos ! on dit que vous vous en mêlez ?

Monſieur PIANO, *avec confuſion.*

Ah ! Monſieur, ne parlons pas de ma muſique après la vôtre, la mienne n'eſt que celle d'un Amateur.

CRESCENDO.

Eh ! eh ! je connois tel Amateur qui feroit la barbe à bien des Maîtres ; vous êtes donc content.

Monſieur PIANO.

Enchanté.

CRESCENDO.

Tant mieux. Ah ça, parlons d'affaires. Vous avez là une grande & jolie fille : qu'en faites vous ?

Monſieur PIANO, *riant.*

Comment, ce que j'en fais.

CRESCENDO.

CRESCENDO.

Oui. La destinez-vous au célibat ? Ce serait dommage. Je lis dans ses yeux qu'un mari lui plairait mieux qu'un couvent.

Monsieur PIANO.

Je ne suis point un mauvais pere.

CRESCENDO.

Non ? moi je me sens toutes les qualités requises pour faire un bon mari : elle me plaît autant que ma musique a paru vous plaire : donnez-la-moi ; je l'épouse *ipso facto*.

Monsieur PIANO, *riant*.

Diantre ! comme vous y allez ! êtes-vous aussi expéditif en fait de musique comme en fait de mariage ?

CRESCENDO.

Tout de même, sandis ! je suis vif, & n'aime rien qui traîne en longueur !

Monsieur PIANO.

Assurément, Monsieur, l'alliance d'un homme à talent, tel que vous, me flatterait : mais il faut savoir si vous plaisez à ma fille.

CRESCENDO.

Est-ce la toute la difficulté que vous m'opposez ?

Monsieur PIANO.

En voyez-vous quelqu'autre ?

CRESCENDO.

En ce cas elle est à moi.

Monsieur PIANO, *étonné*.

Comment !

CRESCENDO.

Allons, Mademoiselle, parlez sans détour, il ne faut rien cacher à Monsieur votre pere.

Monsieur PIANO.

Que veut dire ceci ?

CRESCENDO.

Puisqu'elle garde le silence, je vais vous l'expliquer. Nous nous aimons : & elle est le principal motif de la visite qué j'ai eu l'honneur dé vous rendre.

Monsieur PIANO, *étonné.*

Qu'entends-je !

CRESCENDO.

Vous paroissez en courroux.

Monsieur PIANO, *en colere, à sa fille.*

Vous êtes bien hardie de faire un choix sans mon aveu !

ANGÉLIQUE.

Mon pere....

CRESCENDO.

Eh donc ! qu'importe qué ce soit dé votré aveu ou sans votré aveu si le gendre vous plaît ? Ma musique vous enchante : vôtre fille m'enchante : jé l'enchanté : tout cet enchantement-la ne doit-il pas aménér lé *conjungo* ? vous croyez peut-être que c'est à cause dé vôtré bien qué jé veux l'épouser : c'est cé qui vous trompé, jé suis désintéressé : donnez-moi la fille & gardez la dot. Jé sais qué cé langagé n'est pas d'un homme dé mon pays : un autre dirait : gardez la fille & donnez-moi la dot. Mais jé mé piqué d'être original. Eh donc ! à quoi vous déterminez-vous ?

Monsieur PIANO, *après avoir réfléchi.*

Allons ; puisqu'elle vous aime.... mais quoique vôtre Ariette prouve du talent, ce morceau ne me parait pas devoir suffire pour....

CRESCENDO.

Vous faut-il d'autres preuves ? Tant qu'il vous plaira. (*Il appelle.*) Eh, Criquet ? (*Il paraît.*) Va-t-en dire à tous nos Chanteurs, Danseurs, Cabrioleurs, qu'ils viennent ici tout de suite. (*Criquet sort.*) Je veux vous faire voir un petit Divertissement pastoral, après lequel j'espère que vous n'hésiterez plus.

Monsieur PIANO.

Je suis tout déterminé, pourvu, toutefois, que vous acceptiez deux conditions que je vais vous proposer.

CRESCENDO.

Voyons.

Monsieur PIANO.

La premiere, que vous aurez la complaisance d'entendre ma musique & de me donner vos avis. La seconde, que vous vous obligerez de mettre au jour, sous votre nom, certain petit Ouvrage que je viens de faire.

CRESCENDO.

Diantre ! voila une condition qui me paraît un peu vétilleuse : car, entre nous, si l'Ouvrage...

Monsieur PIANO.

Oh ! il ne paraîtra que lorsque vous l'en jugerez digne. Je ne suis point injuste.

CRESCENDO.

En ce cas je tope aux conditions.

Monsieur PIANO, *enchanté.*

Vrai ? vous me charmez, ma fille est à vous, pourvu que sa mere cependant.... car vous ignorez, peut-être, que j'ai une femme : &

vous ſentez que je ne puis, ni ne dois marier nôtre fille ſans ſon conſentement.

CRESCENDO.

Céla eſt juſte. Vous avez une femme?

Monſieur PIANO.

Oui. Ma femme, ma fille, voila toute ma famille. Il ne me manquait qu'un ami, j'eſpère le trouver en vous.

ARIETTE.

Près de ma famille chérie,
De qui l'amour comble mes vœux,
Je paſſe doucement la vie:
Je ſuis content, je ſuis heureux. *Fin.*
Si la vie a par fois des peines,
L'amitié ſait les adoucir:
Vous en allez ſerrer les chaînes:
(*Il le preſſe dans ſes bras.*)
Vivre avec vous, c'eſt un plaiſir,
Près de ma famille chérie, *&c.*

SCENE X.

LES PRÉCÉDENS, Madame PIANO.

Monſieur PIANO, *allant au devant de ſa femme.*

MA femme, voilà Monſieur Du Creſcendo, ce Muſicien célèbre, dont je t'ai ſi ſouvent entretenue. Ah! ſi tu avais entendu.... c'eſt un prodige. Il demande notre fille en mariage: elle l'aime: &....

ANGELIQUE.

Maman, daignez vous ſouvenir de vôtre promeſſe de tantôt. Monſieur eſt l'amant dont je vous ai parlé.

CRESCENDO.

Cé qué c'eſt que l'amour & la réputation! comme cela vous avance les affaires d'un homme! on parlait dé moi ſans m'avoir vû.

Madame PIANO.

Monſieur, ſi vous êtes l'objet du choix de ma fille, & que mon mari conſente....

CRESCENDO.

J'entends le reſte de la phraſe, vous acceptez votre petit ſerviteur pour gendre.

ANGÉLIQUE, *vivement & avec joie.*

Ah, maman!

CRESCENDO.

Céla né va pas mal; à peine arrivé dans Paris, l'Amour me couronne de ſes myrthes: jé ferai tant, qué la gloire y joindra quelques lauriers. Quant à l'hymen, jé lé diſpenſé d'y mêler ſon ornement.

SCENE XI ET DERNIERE.

LES PRÉCÉDENS, CHANTEURS ET DANSEURS.

CRESCENDO.

AH! voilà tout mon monde; arrivez, arrivez mes amis; allons, de la joie: ſandis! jé mé marie & donne le bal. Cé ſera un peu le monde renverſé; n'importe. Allons, trémouſſez-vous.

ON DANSE.

CHOEUR *en Sourdine.*

Nous avons en partage
Des plaiſirs ſans regrets.

L'Amour dans le bel âge
Rend nos cœurs satisfaits :
Et la froide vieillesse
Ne peut nous allarmer;
Même après la jeunesse
Ici, l'on sait aimer;
L'amour peut à tout âge
Faire notre bonheur :
Toujours son doux langage
Sait charmer notre cœur.
Que sa touchante yvresse
Ennivre tous nos sens.
O Dieu de la tendresse
Ecoute nos sermens :
Je jure à ma Bergère
De ne jamais changer.
D'une flamme si chère ;
Peut-on se dégager ;
Non, jamais ma Bergère ;
Je ne serai léger.

CRESCENDO.

Eh bien, beau-père, qu'en dites-vous?

Monsieur PIANO.

Charmant! Charmant!

CRESCENDO.

Ah çà, à quand la noce.

Monsieur PIANO.

Dès demain.

CRESCENDO.

Dès demain! Jé né me sens pas dé joie.

Monsieur PIANO.

Et moi? mon ami, & moi?

QUATUOR.

VIVE l'allégresse !

LES AMANS.

J'obtiens l'objet de ma tendresse.

TOUS.

Moments heureux,

Qui comblent tous { Leurs vœux.
{ Nos vœux.

CRESCENDO, *seul.*

Dans ce lien charmant,
Mon aimable Maitresse,
Vous trouverez sans cesse
Un Epoux, un Amant.

ANGELIQUE.

Aveu charmant,
Qu'il flatte ma tendresse!

Madame PIANO.

Soyez heureux, mes chers enfans;
Qu'himen augmente encor la flamme
Qu'Amour a fait naître en votre ame,
Et quoiqu'Epoux, soyez Amants.

CRESCENDO ET ANGELIQUE.

Oui, toujours,
Nos amours,
Nos amours,
Dureront toujours.

TOUS.

Vive, vive, l'allégresse!
J'obtiens l'objet de ma tendresse.
Momens heureux!
Qui comblent tous mes vœux.

Monsieur PIANO, *à Crescendo.*

Souvenez-vous
Quand vous serez époux,
De la promesse....

CRESCENDO.

Oh! jé m'en souviendrai,
Jé m'en souviendrai sans cesse.

Monsieur PIANO.

Quand je composerai....

CRESCENDO.

Je vous conseillerai.

Madame PIANO & ANGÉLIQUE.

Et moi, je chanterai.

Monsieur PIANO.

Quoi, votre complaisance....

CRESCENDO.

Oui, comptez-y d'avance,
S'il le faut même, j'écrirai.
Je férai plus, sandis!
(Il le prend à part.)
Si par fois votre génie
Né vous servait pas au gré de votre envie....

Monsieur PIANO.

Vous me donnerez vos avis.

CRESCENDO.

Je ferai plus, je l'aiderai, sandis!
Vous comprénez?....

Monsieur PIANO, *enchanté.*

Ah! mon ami, vous me charmez.

ENSEMBLE, *tous très-gai.*

Que l'allégresse,
Que la tendresse,
Règne avec nous;
Ma femme.... mon époux,
Dans des moments si doux,
Jurons d'aimer sans cesse.

FIN.

Lu & approuvé à Paris, ce 19 Septemb. 1785. SUARD.
Vu l'App. permis d'imp, à Paris, ce 22 Sept. 1785. DECROSNE.

www.ingramcontent.com/pod-product-compliance
Ingram Content Group UK Ltd.
Pitfield, Milton Keynes, MK11 3LW, UK
UKHW021120230726
13926UKWH00002B/576

9 782014 087864